J'AIME LIRE

la boîte à blagues

J'AIME LIRE

Le tableau ensorcelé

D0549871

Les personnages

Antoine, c'est lui qui raconte

Hortense, sa sœur

Gaspard Blafard

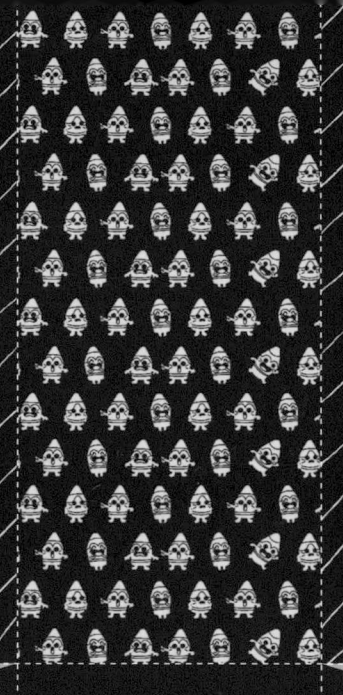

Comment monter ta boîte

Il te faut :
- des ciseaux
- de la colle

Détache la partie centrale de cette page et enlève les parties en gris.

Plie en suivant les pointillés.

colle

Mets de la colle sur les parties hachurées, rabats les côtés et colle-les ensemble. Ça y est, c'est prêt !

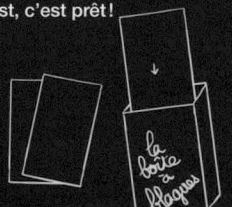

la boîte à blagues

Écris-nous ! J'AIME LIRE 18 rue Barbès, 92128 Montrouge Cedex

Un roman d'**Anne Schmauch**, illustré par **Grégory Elbaz**

Le chat d'Antoine et Hortense est terrifié par les peintures du nouveau voisin. Elles représentent des animaux sauvages : on dirait qu'ils sont vivants…

Le tableau ensorcelé

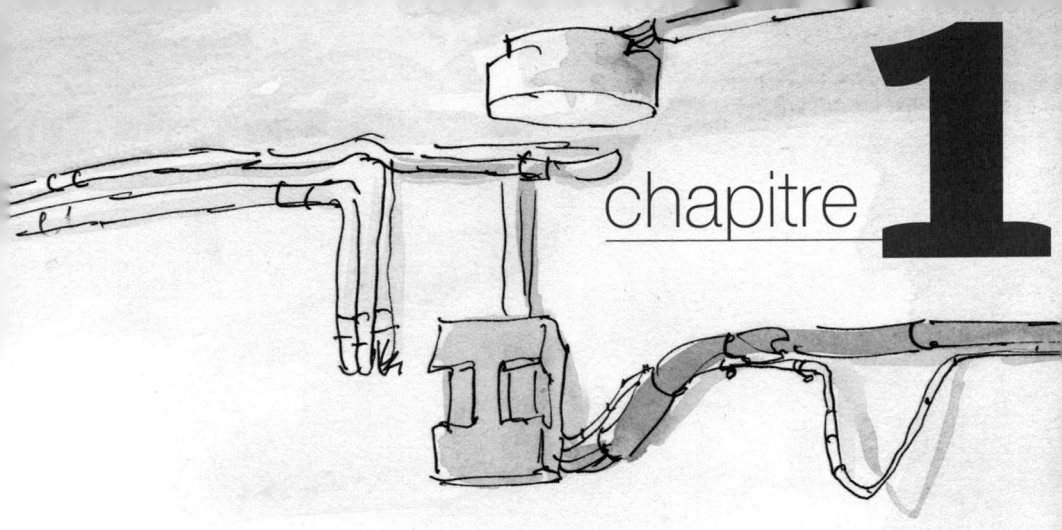

chapitre 1

Gaspard Blafard

Notre chat, Moustache, profite toujours du moment où Papa et Maman partent travailler pour filer dans les étages de notre immeuble. Ce matin-là, premier jour de vacances, ma sœur Hortense et moi étions partis à sa recherche. J'ai dit à Hortense :

— Je parie qu'il fait la sieste sur le palier du septième.

Moustache adore aller là-haut : comme personne n'habite l'appartement du septième, il peut se prélasser toute la journée sans être dérangé.

Mais, ce jour-là, le palier du septième étage était encombré d'immenses tableaux qui représentaient toutes sortes d'animaux. Il y avait même un tableau avec un tigre. Il était si bien peint que le fauve semblait prêt à rugir.

J'étais très impressionné :

– On dirait que ces animaux sont vivants !

Hortense, elle, se demandait qui était notre nouveau voisin :

– Antoine, tu te rends compte, c'est peut-être un peintre célèbre !

Une voix nous a alors fait sursauter :

– Il est à vous, ce chat ?

Un homme se tenait derrière nous. Avec ses drôles d'habits, il paraissait venir d'un autre siècle. Et il était si pâle qu'il ressemblait presque à un fantôme.

Le pauvre Moustache avait le poil tout hérissé. J'ai même remarqué qu'il tremblait.

L'homme a eu un drôle de sourire. Il s'est présenté :

– Je m'appelle Gaspard Blafard.

Hortense n'a pas pu s'empêcher de lui demander :

– Vous êtes peintre? J'adore la peinture, moi aussi!

– Vraiment? a dit l'homme, voilà qui est intéressant, attends une seconde…

Il est rentré dans son appartement et il en est vite ressorti en tendant à Hortense une vieille boîte rouillée :

– Étant souffrant, il m'est impossible de tenir un pinceau en ce moment… En attendant de pouvoir peindre de nouveau, je te prête mes peintures. Tu vas voir, elles sont incroyables.

Hortense était ravie :

– Merci beaucoup ! Je vais les essayer tout de suite !

En descendant l'escalier, nous avons croisé un déménageur. Il montait un grand tableau qui représentait une femme vêtue de bleu, assise devant une bibliothèque.

J'ai soufflé à Hortense :

— Ce monsieur Blafard est peut-être un excellent peintre mais, moi, je le trouve effrayant. Je suis sûr qu'il cache quelque chose.

Ma sœur a haussé les épaules :

— Antoine, tu lis trop de romans !

Monsieur Blafard est un drôle de voisin.
On dirait un fantôme et ses tableaux sont
bizarres. Il prête ses peintures à Hortense...

chapitre 2

Le portrait
de Moustache

Aussitôt rentrée chez nous, ma sœur a décidé de peindre Moustache.

Quand elle a ouvert la boîte de peintures de Gaspard Blafard, je me suis bouché le nez :

– Cette peinture sent aussi mauvais que cent vieilles paires de chaussettes.

Pourtant, en dix minutes à peine, le portrait de Moustache était terminé.

Hortense est douée en peinture, mais là, j'étais vraiment surpris :

– Il semble prêt à sortir du tableau. Tu ne trouves pas ça étrange?

Hortense a posé le tableau sur le grand buffet du salon :

– Tu as raison, il se passe quelque chose d'anormal. C'est comme si les pinceaux avaient peint tout seuls.

Quelques minutes plus tard, un homme très élégant a sonné à la porte. Il était vêtu d'une sorte de cape et d'un chapeau haut-de-forme.

– Je vous prie de m'excuser, je suis collectionneur d'art. En passant devant chez vous, j'ai aperçu ce tableau par la fenêtre. Il est magnifique. Puis-je le voir de plus près ?

Sans attendre notre réponse, il a bondi dans le salon, se postant devant le portrait de Moustache :

— Je vous l'achète ! a-t-il déclaré en sortant son portefeuille.

Je suis resté sans voix. Hortense, elle, n'a pas hésité une seconde. Elle a pris les deux gros billets que lui tendait le collectionneur et lui a collé le tableau dans les mains :

— Il est à vous !

Avant de partir, le collectionneur a laissé son numéro de téléphone :

– Si vous en avez d'autres, appelez-moi !

J'ai grommelé :

– Hortense, je n'aime pas ça du tout. Tu crois que Papa et Maman auraient été d'accord pour que tu acceptes cet argent ?

Ma sœur a levé les yeux au ciel :

– Écoute, frérot, tu ne peux pas comprendre : quand on est au collège, on ne peut pas se contenter d'une seule paire de bottes ! Je vais enfin pouvoir m'en acheter des neuves et être à la mode… En plus, tu devrais être content : nous voilà débarrassés de ce tableau bizarre !

Hortense s'est dirigée vers la cuisine :

– Je vais donner à manger à Moustache pour le récompenser !

Mais notre matou n'était pas en forme. Son beau pelage roux était tout terne. Il s'est contenté de renifler sa gamelle sans y toucher. Ensuite, nous ne l'avons plus vu de la journée.

Hortense, elle, a passé l'après-midi à comparer différents modèles de bottes sur Internet.

Le portrait de Moustache est si réussi
qu'un collectionneur d'art l'achète. Hortense
est ravie, mais le chat semble malade…

chapitre **3**

Le portrait d'Antoine

Le lendemain, au petit déjeuner, Papa et
Maman m'ont fait quelques recommandations
car j'étais invité à dormir chez mon ami Lucien
et ils tenaient à ce que nous ne passions pas
toute la soirée à jouer aux jeux vidéo…

Hortense affichait son sourire qui dit : « Je viens d'avoir une idée géniale. » Papa et Maman étaient à peine partis qu'elle m'a proposé :

– Je fais ton portrait. On vend le tableau, comme hier. On partage l'argent.

Avant que je proteste, Hortense a précisé :

– Dès que j'ai terminé ton portrait, je rends sa boîte de peintures à monsieur Blafard.

J'ai réfléchi... Ma console de jeu datait de l'ère préhistorique et l'idée de m'en acheter une nouvelle me plaisait bien. J'ai quand même insisté :

— Tu rapportes la boîte de peintures juste après, promis ?

— Promis, juré, craché, que je sois foudroyée à l'instant si je mens, a assuré Hortense d'un air grave.

Hortense a commencé mon portrait pendant que je jetais un œil aux derniers modèles de consoles sur Internet. La peinture sentait aussi mauvais que la veille et les pinceaux glissaient toujours aussi facilement sur la toile.

Hortense a observé :

– C'est moi qui travaille et c'est toi qui as l'air fatigué…

En effet, une fois la peinture terminée, j'étais si exténué que j'ai envoyé un e-mail à Lucien : « Je ne me sens pas très bien… Est-ce que je peux venir dormir chez toi demain, plutôt que ce soir ? » Et je me suis allongé sur le canapé du salon, pour me reposer un peu…

Plus tard, Hortense est venue me demander :

– Antoine, tu m'aides à chercher Moustache ? Il a encore disparu.

Mais j'étais trop fatigué pour bouger le petit doigt : je me suis endormi.

Une fois le portrait terminé, Antoine se sent si fatigué qu'il écrit un e-mail à son copain Lucien pour annuler la soirée-pyjama…

chapitre 4

L'horrible vérité

Quand je me suis réveillé, j'ai eu l'impression d'avoir dormi dix jours complets au fond d'un trou noir. L'horloge de l'ordinateur indiquait 17 heures. Ça faisait une sacrée sieste!

En me regardant dans la glace, j'ai constaté que j'avais repris des couleurs. Pourtant, je me sentais bizarre, j'avais la sensation d'être en caoutchouc.

Je me suis levé pour aller voir Hortense.

Seulement, en avançant vers la porte du salon, je me suis cogné. Comme si une vitre avait été posée entre le salon et la porte. J'ai contourné la table : une autre vitre invisible m'empêchait d'avancer.

Des sueurs froides ont coulé le long de mon dos : j'étais prisonnier d'une cage aux murs invisibles !

Hortense est entrée dans la pièce. Elle était très agitée.

J'ai bredouillé :

– Hortense, il se passe quelque chose de grave.

Hortense était plantée devant moi. Comme si elle ne me voyait pas.

J'ai tapé de toutes mes forces contre la vitre invisible en criant :

– Hortense! Aide-moi! Je suis prisonnier!

Elle n'entendait rien! Elle ne voyait rien. Elle réfléchissait à haute voix :

– Antoine a disparu, comme Moustache… J'aurais dû l'écouter… Où est-il? Mais qu'est-ce qui se passe?!

Soudain, j'ai compris : j'étais dans le tableau, enfermé dans l'espace qu'Hortense avait peint ! Je la voyais, mais elle ne pouvait voir que mon image immobile.

Ma sœur a murmuré, les larmes aux yeux :

– L'antiquaire au coin de la rue ! Il a peut-être déjà entendu parler de ce type de peinture... Je file le voir.

Et elle est partie...

Un peu après le départ de ma sœur, la porte de l'appartement s'est ouverte comme par enchantement.

C'était Gaspard Blafard ! Et, cette fois, il n'avait pas pris la peine de se déguiser en collectionneur. J'étais terrifié. Blafard a ramassé la boîte de peintures et il a attrapé mon tableau en ricanant :

– Je commençais à me sentir un peu faible. Ce portrait tout frais me permettra de reprendre des forces. Je me sens déjà mieux.

Moi, dans le tableau, j'avais le mal de mer.

Antoine comprend qu'il est enfermé dans
le tableau peint par Hortense. Blafard vient
récupérer le tableau et la boîte de peintures…

chapitre

La dame en bleu

Chez Blafard, des dizaines de tableaux
d'animaux recouvraient les murs. On se serait
cru dans un zoo : tous ces animaux avaient été
peints avec la peinture ensorcelée et, maintenant que j'étais moi aussi prisonnier dans mon
tableau, je les voyais bouger et je les enten-
dais grogner. Heureusement, comme moi, ils
étaient enfermés dans leur toile et ne pou-
vaient pas me faire de mal.

Blafard m'a accroché au mur, en face du tigre.

– Libérez-moi! ai-je supplié.

Un miaulement déchirant m'a répondu. C'était Moustache, dans son tableau accroché au bout du couloir.

Puis, tout est devenu silencieux.

À la maison, Papa et Maman devaient être rentrés, à présent. Ils pensaient que j'étais chez Lucien. Et Lucien pensait que j'étais chez moi. Quant à Hortense, elle avait dû se rendre compte que mon portrait avait été volé.

J'ai essayé de rester calme :

– Demain, quand les parents verront que j'ai disparu, ils appelleront la police. Mais que pourront-ils faire contre un sorcier ?

Mon cœur s'est serré ; je me suis mis à pleurer. Une voix douce m'a alors demandé :

– Eh bien, petit, que se passe-t-il ?

Je me suis levé d'un bond :

– Qui me parle?!

– Je suis là, a dit la voix. À droite. À côté du tigre. Je m'appelle Diane.

– La dame en bleu! me suis-je écrié. Je vous ai vue avant-hier dans l'escalier. Vous aussi, vous êtes prisonnière?

Elle a expliqué d'un air triste :

– Gaspard Blafard était mon voisin de palier. J'aimais beaucoup ses tableaux. Un jour, il a proposé de faire mon portrait, dans sa bibliothèque. J'ai accepté… et je me suis retrouvée enfermée ici, comme toi.

– Mais à quoi lui servent ces tableaux?

– Ils lui permettent de prolonger sa vie. Grâce à sa peinture ensorcelée, Blafard arrête nos vies. Ainsi, il nous vole notre énergie pour reprendre des forces. Il a plus de deux cents ans. Au départ, une simple souris lui suffisait. À présent, il lui en faut plus : il a besoin d'êtres humains.

J'étais abasourdi :

– Existe-t-il un moyen de briser le sortilège?

Diane s'est tournée vers la bibliothèque.
Elle a pris un grimoire :

– À force de chercher dans tous ces livres,
j'ai fini par trouver. Pour nous libérer, il faudrait
que, face au tableau, quelqu'un récite la formule magique *Pictura horroribilus pictoribus*.

— Mais comment révéler la formule puisque personne ne nous entend ? ai-je demandé.

La dame en bleu s'est tue.

Je me suis assis dans mon tableau-prison, désespéré.

Soudain, j'ai eu une idée : si les livres peints étaient réels, l'ordinateur l'était peut-être aussi ?

Je me suis précipité pour vérifier : j'ai appuyé sur les touches, l'écran s'est éclairé ! J'avais même reçu un e-mail de Lucien. Il me disait : « Repose-toi bien. À demain. »

L'ordinateur du tableau fonctionnait comme le vrai ! Et si je recevais un message, cela signifiait que je pouvais en envoyer ! J'ai immédiatement écrit un e-mail à Hortense pour lui expliquer comment nous délivrer. Elle le trouverait à son réveil...

Antoine découvre que l'ordinateur du tableau fonctionne. Il envoie un e-mail à sa sœur avec la formule pour annuler le sortilège…

chapitre 6

Pictura horroribilus pictoribus!

Je n'ai pas fermé l'œil de la nuit : un ours ronflait au bout du couloir et, dès 4 heures du matin, un coq s'est mis à chanter.

L'ordinateur indiquait 9 heures lorsqu'on a frappé à la porte de l'appartement de Gaspard Blafard. J'ai vu Blafard se diriger vers la porte, encore ensommeillé.

J'ai entendu Hortense lui dire :

– Monsieur Blafard ! Je ne sais pas ce qui s'est passé : je ne retrouve pas les peintures que vous m'avez prêtées !

Blafard a grincé :

– C'est sans importance.

Hortense a insisté :

– J'aurais tellement aimé faire le portrait de mes parents !

Alléché par l'idée d'un nouveau portrait, Gaspard Blafard n'a pu s'empêcher d'entrouvrir sa porte. Hortense l'a bousculé pour foncer en face de mon portrait. Là, elle a récité :

– *Pictura horroribilus pictoribus!*

En même temps qu'un puissant courant d'air me tirait hors du tableau, Gaspard Blafard était secoué par une quinte de toux. Nous en avons profité pour réciter la formule devant le portrait de Diane, puis devant celui de Moustache. Ils ont aussitôt été libérés de leur tableau tandis que Gaspard Blafard devenait de plus en plus pâle et de plus en plus vieux.

Quand nous avons pris la fuite, le sorcier nous a crié :

– Vous pouvez toujours fuir ! Je vais refaire votre portrait de mémoire. Vous vous réveillerez ici !

Diane et moi étions très inquiets, mais Hortense, elle, était parfaitement calme. Elle a sorti la boîte de peintures de sous son pull en disant :

– Je n'ai pas oublié de reprendre ça !

Une fois chez nous, nous avons allumé un feu dans notre cheminée. Quand il a été assez fort, Hortense y a jeté la boîte de peintures. Des étincelles multicolores et des crépitements sourds ont jailli des flammes.

Quand nous sommes remontés au septième étage, la porte de l'appartement était toujours ouverte. Gaspard Blafard avait disparu. À la place du sorcier, il ne restait plus qu'une flaque de peintures.

Diane s'est étirée :

— Je suis restée trop longtemps enfermée. J'ai besoin de prendre l'air, de voyager.

Elle a jeté un coup d'œil autour d'elle :

— Tout ce mobilier ancien doit valoir une fortune. Je vais le vendre. Avec l'argent de la vente, je rapporterai chaque tableau dans le pays de l'animal qu'il enferme. Une fois au bon endroit, je n'aurai plus qu'à réciter la formule magique pour que l'animal bondisse hors de sa cage de peinture.

La semaine suivante, nous avons aidé Diane à emballer les tableaux d'animaux sauvages.

Quelques jours après son départ, nous avons entendu du bruit au septième étage. Légèrement inquiets, nous avons gravi les marches. Quelqu'un venait d'emménager : le palier était envahi de plantes et de grandes herbes de toutes sortes.

Un petit monsieur souriant est apparu derrière d'immenses fougères.

Devant notre air surpris, il a expliqué :

– J'adore les plantes équatoriales… Et votre chat aussi, on dirait !

Effectivement, Moustache semblait ravi. Il faut dire que, depuis qu'il a fréquenté des animaux sauvages, il a tendance à se prendre pour un tigre !

FIN

Et toi, tu as sûrement un stylo magique pour nous écrire ! Vite, vite, donne-nous ton avis sur ce roman.

Les auteurs

Anne Schmauch

a écrit le roman

Est-ce que, comme Hortense, vous aimez peindre?

Oui, j'aime bien peindre, et aussi dessiner… Mais j'aurais bien besoin d'une peinture un peu magique.

Vous êtes-vous déjà retrouvée enfermée quelque part!

Non, mais j'aimerais bien me faire enfermer dans un supermarché, pour voir ce que ça fait de passer la nuit dans les rayons.

Est-ce que vous avez un chat fugueur, comme Moustache?

J'ai eu plusieurs chats fugueurs : un noir, un gris, un tigré et un multicolore. Malheureusement, ils ont tous fini par fuguer pour de bon…

Grégory Elbaz

a créé les dessins

Passiez-vous vos mercredis à la maison?

Oui, je jouais aux jeux vidéo avec mon petit frère durant les mercredis pluvieux. Je gagnais toujours aux jeux de combat, mais c'était parce que j'étais le plus grand. Il est devenu bien meilleur que moi!

Est-ce que, comme Hortense, vous aimez peindre?

La peinture, il faut beaucoup de patience… Le dessin, c'est plus rapide!

Qui vous a inspiré pour dessiner Gaspard Blafard?

C'est un personnage d'un film de Tim Burton : Beetlejuice. Il fait très peur!

Propos recueillis par la rédaction

PAR LES CRÉATEURS DE **CROODS** ET *TURBO*

ILS VONT TOMBER EN PLEIN DANS LE NIL

DREAMWORKS

M. PEABODY ET SHERMAN
LES VOYAGES DANS LE TEMPS

LE 12 FÉVRIER AU CINÉMA EN 3D

linternaute.com

DREAMWORKS

gulli

Chérie FM

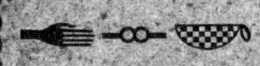

DÉCHIFFRE LES HIÉROGLYPHES

| A | B | C | D | E | F | G | H | I | J | K | L | M | N | O | P | Q | R | S | T | U | V | W | X | Y | Z |

**UTILISE LE TABLEAU
POUR DÉCODER LE MESSAGE SECRET**

Dans M. Peabody et Sherman : Les Voyages dans le temps, M. Peabody voyage dans l'Histoire avec son fils adoptif, grâce à son invention : le Chronomat. Cependant, lorsque Peabody et Sherman se retrouvent prisonniers dans un tombeau égyptien, ils doivent déchiffrer les hiéroglyphes pour découvrir le message secret qui leur permettra de s'échapper. Aide-toi du tableau ci-dessus pour décrypter ce message.

RÉPONSE : GARE AUX PIÈGES

Le courrier de Bonnemine

Et maintenant, place aux artistes, lettres, dessins, photos, acrobaties, c'est à vous !

Juliette, Saint-Raphaël (83)

50

Élian, 8 ans, Audun-le-Tiche (57)

Le courrier

Bastien, 7 ans ½, Paris (75)

La diligence de Noël, c'était le livre que je voulais.

Claudie, 8 ans, Ste-Reine-de-Bretagne (44)

Emma, 8 ans, Benodet (29)

Alice, 9 ans ½, Paris (75)

Bonjour Bonnemine, j'ai adoré ce roman sur **les cow-boys**.

Louisa, 7 ans, La Varenne (49)

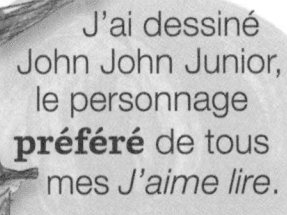

J'ai dessiné John John Junior, le personnage **préféré** de tous mes *J'aime lire.*

Marius, 8 ans, Saint-Jean-de-Luz (64)

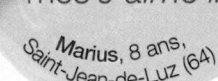

Rivka, 7 ans, Paris (75)

J'ai eu peur quand le Père Noël était ligoté sur les rails !

Pia, 8 ans ½, Séné (56)

Cher Bonnemine,
Depuis un long moment, je lis *J'aime lire.* Au début, je ne comprenais pas tellement. Après, je comprenais. Et, aujourd'hui, je connais tout par cœur. J'adore ça et des milliers d'enfants adorent ça. Celui qui a créé *J'aime lire,* c'est le meilleur.

Baptiste, 7 ans, Cognin (73)

Là, c'est toi qui fais du RAP !

Écris-nous à J'AIME LIRE **18 rue Barbès, 92128 Montrouge Cedex.**
Par mail : jaimelire@bayard-presse.com
N'oublie pas d'indiquer tes nom, prénom, âge, adresse. Merci !

La Fabrikamots

Et voici vos blagues préférées ! Résultats du défi n° 443 (décembre).

Quel est le meilleur moment pour cueillir des cerises ?

Quand le chien de la voisine est attaché !

Defné, 8 ans, Clermont-Ferrand (63)

Comment appelle-t-on un poisson qui porte **un sac à dos violet** ?

Dorade l'exploratrice !

Élise, 8 ans, Brignais (69)

Que fait cette mouche dans ma soupe ??

Elle nage !

Lili, 9 ans, Allonzier-la-Caille (74)

Comment appelle-t-on un **cadeau qui s'en va** ?

Une surprise-partie !

Éva, 9 ans, Paris (75)

Quel est le jeu préféré des superhéros ?

Cape ou pas cape !

Tess, 9 ans, Sainte-Croix-Vallée-Française (48)

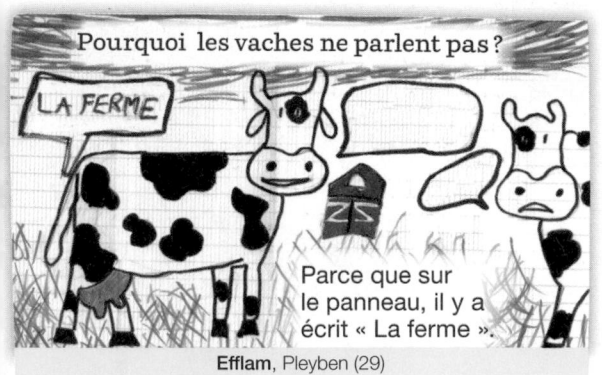

Pourquoi les vaches ne parlent pas ?

LA FERME

Parce que sur le panneau, il y a écrit « La ferme ».

Efflam, Pleyben (29)

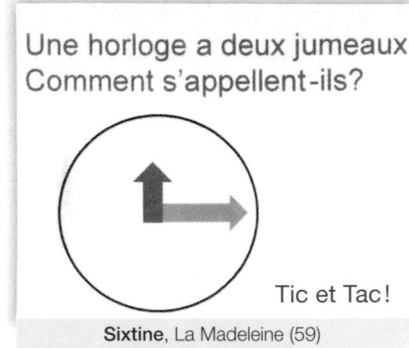

Une horloge a deux jumeaux Comment s'appellent-ils?

Tic et Tac !

Sixtine, La Madeleine (59)

Que dit un rouleau de papier toilette déguisé en **Dark Vador** ?

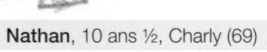

J'essuie ton père !

Nathan, 10 ans ½, Charly (69)

TU AS DÉJÀ VU UN ÉLÉPHANT DERRIÈRE UN FRAISIER ?

NON!

ÇA VEUT DIRE QU'IL ÉTAIT BIEN CACHÉ !

Anis, 9 ans ½, Herblay (95)

Toto, pourquoi tes habits sont-ils tout troués?

On a joué au fromage et j'étais le gruyère !

Capucine, 9 ans, Saint-Christophe-la-Couperie (49)

J'ai 3 œufs, j'en veux 2, qu'est-ce que je fais ?

J'en pousse 1 !

Téo, 11 ans, Villié-Morgon (69)

La Fabrikamots

Oh! du gâteau au chocolat!

Qu'est-ce qu'on dit?

Miam!

Philippine, 9 ans, Montigny-le-Bretonneux (78)

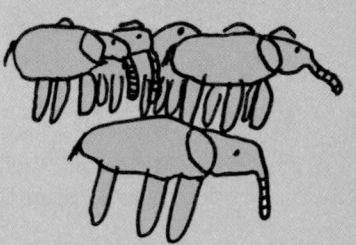

Pourquoi les éléphants marchent-ils en groupe ?
Parce que c'est celui du milieu qui a la radio

Pourquoi un éléphant s'éloigne-t-il parfois du troupeau ?
Pour changer les piles de la radio !

Gatien, Fondettes (37)

Hé, y a un mouchoir qui te suit!

Mais non, c'est mon fils!

Apolline, 9 ans, Moulins-lès-Metz (57)

Bonnemine, où est la passoire?

Je l'ai jetée, elle était pleine de trous!

Océane, Vernier (Suisse)

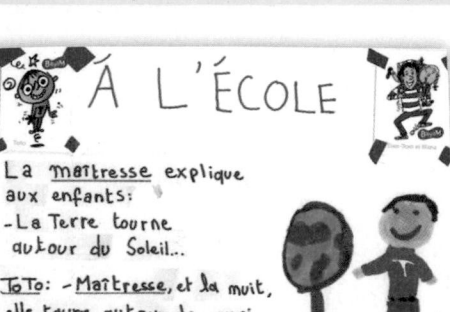

À L'ÉCOLE

La maîtresse explique aux enfants:
- La Terre tourne autour du Soleil...

ToTo: - Maîtresse, et la nuit, elle tourne autour de quoi, la Terre?

Solène, 8 ans, Levallois-Perret (92)

Comment faire entrer les frères Dalton dans un frigo?

Euh... je sais pas.

Ben, moi non plus!

Paul, 8 ans ½, Courbevoie (92)

UN JONGLEUR FAIT TOMBER UN OEUF CRU SUR LE SOL EN BÉTON, MAIS IL N'EST MÊME PAS FISSURÉ, POURQUOI?

_e béton ne se fissure pas si facilement!

Paul, 9 ans, Bourg-en-Bresse (01)

Pourquoi n'y a-t-il plus de mammouths ?

Parce qu'il n'y a plus de papouths !

Albane, 8 ans ½, Erbrée (35)

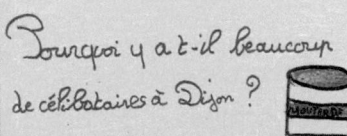

Pourquoi y a-t-il beaucoup de célibataires à Dijon ?

Parce que l'amour tarde (la moutarde)

Charlotte, 10 ans, Bourbourg (59)

> Tu sais ce que c'est, un canif ?

> Ben oui, f'est un p'tit fien !

Henri, 10 ans, Bihorel (76)

Pourquoi les Schtroumpfs sont-ils bleus ?

Parce que leur slip est trop serré !

Chloé, Saint-Médard-en-Jalles (33)

Les fabrikamoteurs publiés reçoivent la BD Ariol Les dents du lapin offerte par BD Kids

Le prochain défi :

"Le nouveau smiley"

Un « **smiley** », c'est ce petit signe qui indique ton **humeur**. À toi d'en dessiner un nouveau ! Fais-le assez gros, voire très gros !

> Ça, c'est : J'ai faim !

> Ça, c'est : J'ai trop mangé de chips !

Envoie ton nouveau smiley à : J'aime lire La Fabrikamots 18 rue Barbès 92128 Montrouge Cedex ou par mail : jaimelire@bayard-presse.com

Tu trouveras encore plus de défis en téléchargeant BayaM sur bayam.fr

Les coups de cœur

Une BD, un film, une BD, un film : c'est le bon rythme du mois, pour toi

BD

Zita, la fille de l'espace
Tome 1

Une BD de Ben Hatke,
éd. Rue de Sèvres, 192 pages, 11,50 €.
À partir de 8 ans.

Zita et Joseph trouvent un objet bizarre, muni d'un gros bouton rouge. La tentation d'appuyer est trop forte. Et les voilà propulsés sur une planète peuplée de créatures étranges… Cette BD d'aventure est pleine d'action et facile à lire. Le tome 2 arrive le 5 mars !

Film

Tante Hilda !

Un dessin animé
de **Jacques-Rémy Girerd**
et **Benoît Chieux,**
durée 1 h 29. Sortie le 12 février 2014.
À partir de 9 ans.

Hilda vit au milieu de ses plantes ; sa sœur Dolorès vit dans un laboratoire-bunker. Quand Dolorès met la main sur une plante génétiquement modifiée, elle pense multiplier sa fortune. Mais ce sont les malheurs qu'elle multiplie. Heureusement, Hilda est là ! Voilà un film fou, plein de vie et de couleurs !

de J'aime lire

Kiki et Aliène
Touristes venus d'ailleurs

Une BD de **Paul Martin**
et **Nicolas Hubesch,**
BD Kids, 64 pages, 9,95 €. À partir de 7 ans.

Ceux qui lisent *Astrapi*
connaissent Kiki et Aliène,
deux drôles de zigotos venus
de l'espace pour visiter
notre planète. Celui ou celle
qui ne rit pas en lisant ce
livre est un
extraterrestre !

Minuscule,
La vallée des fourmis perdues

Un film d'animation
de **Thomas Szabo**
et **Hélène Giraud,** durée 1 h 29.
Sortie le 29 janvier. À partir de 7 ans.

Des fourmis noires ont trouvé
une boîte de sucres, mais
ce trésor attise les convoitises
de leurs cousines rouges…
Quel film étonnant !
Les réalisateurs ont mélangé
des vrais décors et des
insectes animés par ordinateur,
et ça marche, ça vole et
ça *bzzzz* !

te présente

*I*l était une fois un riche marchand
dont la fille préférée s'appelait Belle.
Belle était la cadette d'une famille de six enfants.
Elle avait trois frères, Maxime, Jean-Baptiste
et Tristan, et deux sœurs, Anne et Clotilde.

*B*elle avait été prénommée ainsi,
car sa beauté était sans pareille.
Pour sauver son père, Belle accepte de devenir
la prisonnière d'un prince changé en Bête monstrueuse.

*L*a Bête habite un immense et riche château. Dans ce lieu magique, Belle fait

la connaissance des « Tadums »,
des petits animaux malicieux.

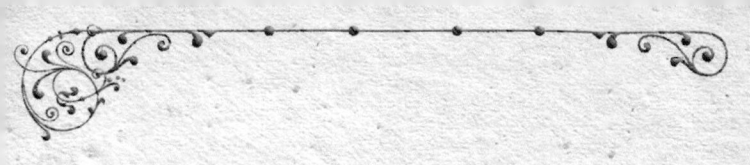

$\mathcal{M}$algré tout ce qui les oppose, Belle et la Bête apprennent à se connaître, à s'apprécier… Mais le château attise la convoitise du brigand Perducas et la Bête est en danger.

$\mathcal{B}$elle parviendra-t-elle à sauver la Bête?

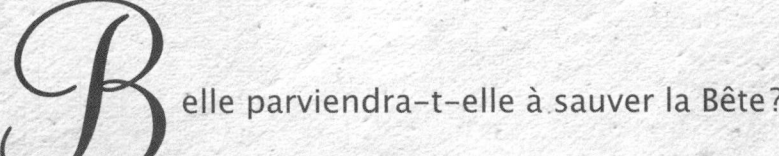

Viens vivre le conte
dès le 12 février au cinéma.

Les jeux de Bonnemine

Carnaval chez les Cht'is

Déchiffre le rébus.

Solution : « Venez faire la fête dans la rue! »

Solution : c'est le détail numéro quatre.

Un détail n'appartient pas à l'image. Lequel?

des jeux

Les jeux

Dans la grille, **barre les mots écrits sur les parapluies** puis **complète la phrase** en reportant dans l'ordre les lettres qui restent. Tu sauras comment s'appelle le costume du carnaval de Dunkerque.

À Dunkerque, le costume de carnaval s'appelle le : _ _ _ _ _   _ _ _

Solution : le costume de ce carnaval s'appelle le clet'che. C'est un mot ch'ti, ainsi que se nomment les gens du nord de la France, où se situe Dunkerque.

Les jeux

Dans cette farandole, les perruques apparaissent toujours dans le même ordre de couleur. **Découvre-le** et **colorie chaque perruque** dans la bonne couleur.

Les jeux

Invente un costume étonnant et **colorie-le!**

Conception : Arnaud Alméras. Illustration : Mauro Mazzari

La bande à J'aime lire

La cantoche, Ariol et Anatole Latuile vous entraînent dans leurs aventures…

La cantoche

PAR N o b

Il y a un vide-grenier, dimanche, dans notre rue.

Tu m'achèteras des trucs ?

Au contraire, on va en vendre.

Mets dans ce carton les jouets et les livres dont tu n'as plus besoin. Je m'occupe des vêtements.

Mais je peux pas, j'ai plein de devoirs pour demain !

Donne-moi ton TRIPOTE et aide-moi en vitesse, s'il te plaît. Tu feras tes devoirs après.

Je le dirai, à monsieur LE BLOUNT, que tu m'as empêché !

PEU APRÈS...

A y est ! J'ai fini !

Déjà ? Voyons voir...

J'aimerais bien recommencer, tiens. Mais où j'ai mis mes billes ?

OH! MON PISTOLET À CONFETTIS! Je l'avais oublié!

Trop gégène!

SPROUATCH!

HAHAHA! Il tire encore!

Heu... je ramasse tout de suite les confettis et je fais ce que tu m'as dit.

Ça vaut mieux pour tes oreilles!

LE DIMANCHE SUIVANT...

Qu'est-ce que tu fais là, ARIOL ?
Tu vends tes jouets ?

C'est ma mère
qui m'oblige.

Pourquoi tu vends ce garage ?
Tu veux pas me le donner, plutôt ?

Ah non !

T'es bête. Si tu le vends, tu
le reverras jamais. Si tu me le donnes,
tu pourras y jouer chez moi.

J'ai une meilleure idée !

C'est quoi, ce truc ?

Un pistolet à confettis.

Tu me le donnes aussi ?

MON GARAAAAGE !

On a semé le crétinosaure.

Allons vite chez moi.

OH ! RAMO !

Quoi ?

REGARDE !

JEANN

Un énorme ballon CHEVALIER CHEVAL ! Je savais même pas que ça existait !

Balèze !

JE L'VEUX !

ET LE SOIR TARD...

Retrouve les épisodes d'Ariol parus dans *J'aime lire,* avec son nouvel album *Les dents du lapin* (BD KIDS).

85

PAR LE STUDIO QUI VOUS A PRÉSENTÉ
HÔTEL TRANSYLVANIE

L'ÎLE DES MIAM-NIMAUX

TEMPÊTE DE BOULETTES GÉANTES 2

AU CINÉMA LE 5 FÉVRIER EN 3D

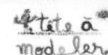

Anatole Latuile

Les aventures de Pimpin

Atole... Atole... Tu viens?

Qu'est-ce qui se passe?

TACTACTACTAC...

Cette semaine, c'est Sidonie qui garde la peluche de sa classe. Elle t'attend pour remplir son carnet d'aventures.

Henriette Bichon

Olympe Fayoli

Jason Bombix

Naomie Crumble

02/14

"Samedi 28 décembre. Pimpin a fait la sieste à côté de Marc-Aurèle..."

"Dimanche 3 janvier. Notre peluche préférée s'est endormie pendant notre promenade en voiture."

5 janvi

Bonjour les aventures !

C'est pas rigolo, il fait tout le temps dodo !

CLAP !

Eh ben nous, on va le réveiller, ton Pimpin !

Oui oui !

CLAP ! CLAP ! CLAP !

Anatole, je file faire des courses... Pas de bêtises, hein ?

Non non !

Plus tard...

Pourquoi il est en bouteilles de lait, son bateau ?

Parce que tous les aventuriers d'aujourd'hui font du recyclage !

FSHHH

Un peu de bleu des mers du Sud !

Trop beau !

PLOC PLIC PLIC

PLIC

Attention, Pimpin va traverser le triangle des Bermudes !

Mets la douche à fond pour faire le courant mortel !

CLIC!
CLIC!
CLIC!
CLIC!

FSSSSSHHHHH!

Pimpin! Il est tout bleu !

Pimpin!

Pleure pas... On dira qu'il s'est fait attaquer par un ours blanc!

Tu sais, ça se recoud très bien, les oreilles, tu vas voir!

Tu sais coude, Atole?

Il suffit d'appuyer sur la pédale!

COUiii!

TACTACTAC TACATACTAC

Bouhouhou t'as tout débordé!

Oui, mais avec sa balafre il fait lapin qui n'a peur de rien!

Une heure plus tard ...

Ça va, les chéris ?

Mmmh mmh...

TRiiii FRiiii iiTRii..

SCRiTCH SCRiTCH SCRiTCH! SCRiTCH!

Incroyable, ces photos ! Comment vous avez fait les effets spéciaux ?

Mmmh, je pourrais voir le lapin ?

Retrouve le dernier album d'Anatole Latuile en librairie :
Ça va dégominer! (BD KIDS).

La cantoche

PAR N o b